31 Janvier 1910.

marqué P

VENTE

HOTEL DROUOT, SALLE N° 1

Les Lundi 31 Janvier et Mardi 1er Février 1910

A DEUX HEURES

EXPOSITION PUBLIQUE

Le Dimanche 30 Janvier 1910

De 1 h. 1/2 à 5 h. 1/2

Succession de Madame la Ctesse de L***

Meubles, Objets d'Art

FAIENCES — PORCELAINES

BRONZES D'ART & D'AMEUBLEMENT

TABLEAUX — AQUARELLES

TAPISSERIES — TAPIS — TENTURES

COMMISSAIRES-PRISEURS

Mes LÉON DE CAGNY & F. LAIR-DUBREUIL

EXPERTS

MM. PAULME & B. LASQUIN Fils

CATALOGUE

DES

Meubles & Objets d'Art

FAIENCES — PORCELAINES

Tableaux Anciens et Modernes

Portrait de femme par JACQUET

Importante composition de l'École française du XVIIIe siècle

BRONZES D'ART ET D'AMEUBLEMENT

TAPISSERIES

TAPIS — TENTURES — PIANOS

*Dont la vente, après décès de Madame la Ctesse de L****

AURA LIEU

HOTEL DROUOT, SALLE N° 1

Les Lundi 31 Janvier et Mardi 1er Février 1910

A DEUX HEURES

COMMISSAIRES-PRISEURS

Me LÉON DE CAGNY | **Me F. LAIR-DUBREUIL**
8, rue Drouot | 6, rue Favart

EXPERTS

MM. PAULME et B. LASQUIN Fils

10, rue Chauchat | 11, rue Grange-Batelière

PARIS

Chez lesquels se distribue le présent Catalogue

EXPOSITION PUBLIQUE

Le Dimanche 30 Janvier 1910, de 1 heure 1/2 à 5 heures 1/2

CONDITIONS DE LA VENTE

Elle sera faite au comptant.

Les adjudicataires paieront *dix pour cent* en sus des enchères.

L'exposition mettant le public à même de se rendre compte de l'état et de la nature des objets, aucune réclamation ne sera admise une fois l'adjudication prononcée.

Paris. — Imp. de l'Art, Ch. Berger, 41, rue de la Victoire.

ORDRE DES VACATIONS

Lundi 31 Janvier 1910

Mardi 1er Février 1910

DÉSIGNATION

TABLEAUX
DESSINS, AQUARELLES

BAPTISTE (École de)

1 — *Vases de fleurs.*
Deux pendants. Toiles.

BLIECK (D.)

2 — *Couple galant dans un cabaret.*
Petit dessin au crayon. Signé.

BROWN (J.-L.)

3 — *La Visite du Maître à l'écurie.*
Toile. Haut., 32 cent. 1/2 ; larg., 46 cent.

CHARDIN (D'après)

4 — *Jeune Servante.*
Peinture sur porcelaine.

CHARNY (R.)

5 — *Paysage avec rivière.*
Deux pendants. Toiles.

COIGNET (J.)

6 — *Vue de la Campagne romaine, avec ruine.*
Aquarelle. Signée.

CUYP (École de A.)

7 — *Portrait d'Homme en habit foncé, col rabattu, calotte noire.*
Panneau.

DENEUX (GABRIEL)

8 — *Vues de Catane.*
Deux aquarelles.

DENEUX (G.)

9 — *Le Vésuve.*
Aquarelle.

DENEUX (G.)

10 — *Vues de Venise, Génes, Palerme, etc.*
Cinq aquarelles.

DENEUX (G.)

11 — *Vues de Venise et Palerme.*
Deux aquarelles.

JACQUET

12 — *Portrait de Jeune Femme.*
De face, la tête légèrement tournée et inclinée
vers la gauche, vêtue d'une robe mauve décolletée ; la chevelure blonde, coiffée d'un grand
chapeau noir à plume, retenu par un ruban pas-
sant sous le menton, une grande boucle blonde
retombe sur son épaule gauche.
Toile. Signée.

(Exposition Centenale de l'Art français, 1889.)

MAKART

13 — *Flore.*
Peinture sur toile.

MICHAU

14 — *Paysages animés de personnages et ani-
maux.*
Deux pendants.
Panneaux.

PICHAT (O.)

15 — *Guerrier romain à cheval.*
Panneau.

PICHAT (O.)

16 — *Tête de cheval.*

ÉCOLE FRANÇAISE (xviiie siècle)

17 — *Le Menuet de la fermière.*

Au centre d'une cour de ferme de château, vivement éclairée par un rayon de soleil, et en contrebas de la terrasse d'un parc à perspective de grands arbres et jeux d'eau, une jeune et gracieuse fermière exécute un pas de danse, aux sons des violons et guitares de trois musiciens, juchés sur de grosses pierres, à gauche, près de l'entrée.

Au premier plan, à droite, deux valets de retour du marché déchargent un cageot que porte un cheval, tandis que deux chiens effrayés aboient.

A gauche, près d'un hangar menaçant ruines et abritant différents ustensiles, tonneaux, etc., des groupes galants, debout ou à terre, devisent ou semblent mimer les gestes de la danseuse.

Au fond, près de la ferme couverte en chaume, une réunion d'élégantes châtelaines en riches costumes, de gentilhommes et d'enfants s'égaient à la vue du spectacle qui leur est offert.

Toile. Haut., 72 cent. 1/2 ; larg., 1 mètre.

ÉCOLE FRANÇAISE (xviiie siècle)

18 — *Portrait de Jeune Fille.*

En buste, vêtue d'un corsage mauve décolleté, fichu de linon noué sur la poitrine par un nœud vert, chevelure poudrée, coiffée d'un bonnet.

Toile ovale. Haut., 73 cent. 1/2 ; larg., 62 cent.

ÉCOLE FRANÇAISE

10 — *Portrait de Femme en costume Louis XIII.*

ÉCOLE FRANÇAISE

20 — *Portrait d'Homme à perruque.*

Petit dessin.
Cadre en bois doré italien.

ÉCOLE ITALIENNE

21 — *Deux Anges chantant.*

Grande miniature.
Cadre italien en bois doré.

ÉCOLE ITALIENNE

22 — *Buste de Sainte Madeleine.*

Petite peinture ronde.

ÉCOLE MODERNE

23 — *Portrait de Femme en sortie de bal.*

Pastel.

FAIENCES ET PORCELAINES

24 — Sous ce numéro, faïences de fabriques di-
verses, anciennes ou modernes.

25 — Environ dix-huit plats ou assiettes en
faïence ancienne ou moderne de Delft, Mous-
tiers, Italie, etc.

26 — Haut relief en faïence : Chantre de vil-
lage.

27 — Deux grands plats ronds et un ovale en
porcelaine de Chine et du Japon.

28 — Deux plats creux en ancienne faïence his-
pano-mauresque à reflets métalliques, grand
oiseau dans le fond.

29 — Sous ce numéro, environ trente pièces :
petites statuettes, vases, chaises à porteur,
salières, cruche en grès, tasse et soucoupe,
etc., en faïence ou porcelaine.

30 — Deux statuettes en ancienne porcelaine de
Hœchst : Joueur de flûte et jeune fille dansant.

31 — Huit statuettes ou groupes en porcelaine décorée ou biscuit. Saxe, Naples, etc.

32 — Grand coffret en porcelaine de Capo-di-Monte, décor en couleur. Sujets mythologiques.

33 — Coffret en porcelaine de Capo-di-Monte.

34 — Deux statuettes de personnages orientaux jouant de la vielle et de la guitare. Porcelaine de Saxe.

35 — Personnage couché en céladon vert.

36 — Paire de petits candélabres, à deux lumières : Jeune paysanne et paysan, en porcelaine de Saxe, sur terrasse rocaille.

37 — Deux grandes statuettes : Homme et femme dansant, en porcelaine de Saxe moderne.

38 — Vase à long col en céramique.

39 — Paire de vases en porcelaine bleue. Monture en bronze doré.

40 — Vase en porcelaine flambée.

41 — Petit porte-fleurs en grès, monture en argent.

42 — Vase supporté par un animal fantastique
en céramique japonaise.

43 — Paire de grandes potiches couvertes en porcelaine du Japon, décor à fleurs et personnages.

44 — Chimère en grès chinois.

45 — Brûle-parfum en céladon vert de Chine,
forme chimère.

46 — Vase-cornet en porcelaine de Chine moderne.

47 — Lampe en céladon bleu turquin, monture
de style chinois en bronze. (Disposée pour
l'électricité.)

48 — Personnages chinois en grès émaillé.

49 — Théière couverte en ancienne porcelaine de
Chine, décor de chrysanthèmes en émaux de
couleurs.

5o — Grosse potiche couverte en ancienne porcelaine de Chine, fond bleu, réserves à personnages et animaux dans les paysages.

5 1 — Paire de potiches en ancienne porcelaine
de Chine, décor en émaux de couleurs ; à
l'épaulement et à la base, lambrequins. Sur
la panse, vase de fleurs et ustensiles divers.
Monture en bronze doré. (Disposées en
lampe électrique.)

5 2 — Paire de potiches en ancienne porcelaine
de Chine, décor en émaux de couleurs, lambrequins à l'épaulement, fleurs, insectes et
balustes sur la panse et à la base. Monture
en bronze formant lampe et disposée pour la
lumière électrique.

53 — Paire de cornets en ancienne porcelaine
de Chine, décor bleu. Monture en bronze
doré.

BRONZES
D'ART ET D'AMEUBLEMENT
SCULPTURES, PENDULES, LUSTRES, Etc.

54 — Statuette de la Vénus de Milo en bronze. *Édition Barbedienne.*

55 — Statuette de danseur en bronze, de *Meta Warrick.*

56 — L'Enfant à la Conque. Bronze patiné de *J.-B. Carpeaux.*

57 — Statuette de Phryné, en bronze. *Édition Goupil.*

58 — Thésée et le Minotaure. Bronze de *Barye.*

59 — Chien de chasse portant son fouet. Bronze de *Mène.*

60 — Statuette de Diane de Gabies en composition.

61 — Buste de femme en marbre blanc, de *E. Aizelin.*

62 — Coupe en bronze japonais.

63 — Petit vase, coupes, crabes, divinité en bronze chinois ou japonais.

64 — Vase à long col et anses trompes d'éléphants en bronze japonais.

65 — Jardinière ronde à deux anses : chimères, en bronze du Japon.

66 — Deux petits brûle-parfums en bronze japonais.

67 — Deux lapins en bronze japonais.

68 — Deux éléphants couchés en bronze du Japon.

69 — Petit vase en bronze japonais à lobes. Socle et couvercle bois de fer.

70 — Deux petites jardinières : un cheval fantastique, chimère, ibis, flambeau de pagode, en bronze japonais.

71 — Vase à deux anses en bronze japonais.

72 — Petite pendule en bronze ciselé et doré, et marbre bleu turquin. Style Louis XVI.

73 — Pendule en bois noir, pieds à cariatides de femmes, frise et couronnement : Enfant sur un dauphin et ornements en bronze. Style Louis XIV.

74 — Pendule, forme console, en marbre rouge et bronzes dorés. *Maison Barbedienne.*

75 — Paire de boules de table en bronze, à quatre lumières. Style Renaissance.

76 — Paire de petites cassolettes en bronze doré, base en marbre bleu turquin. Style Louis XVI.

77 — Paire de flambeaux en bronze doré, fût à guirlandes, base à consoles. Style Louis XVI.

78 — Suspension de salle à manger en cuivre. (Disposée pour l'électricité.)

79 — Lustre en bronze doré, style Louis XVI, à seize lumières. (Disposé pour l'électricité.)

80 — Support-trépied en bronze ciselé doré. Style Louis XVI.

81 — Galerie de foyer en bronze. Style Louis XV.

82 — Paire de lampes en céladon rouge. Montures en bronze.

83 — Paire de flambeaux en cuivre. Style Louis XVI.

84 — Paire de petits chenets en bronze, modèle à vases. Style Louis XVI.

85 — Paire de chenets, modèle à vases, en bronze doré. Style Louis XVI.

86 — Paire de landiers en fer.

ARGENTERIE ET MÉTAL

87 — Petite verseuse en argent, à godron en spires et ornements rocailles.

88 — Tasse et soucoupe et six brochettes en argent.

89 — Petite corbeille ovale, à anse, en argent ajouré.

90 — Saucière en argent.

91 — Sucrier, pot à crème et une cafetière en argent de la *Maison Odiot*, et une petite assiette.

92 — Cinq petits gobelets de modèles variés.

93 — Deux poudrières à sel en argent, formes vase et hibou.

94 — Porte-huilier en argent, avec ses burettes en verre gravé, quatre salières doubles et deux moutardiers.

95 — Petit bouillon couvert à deux anses en argent. Époque Empire.

96 — Soupière avec son couvercle à deux anses et piédouche en argent. Époque Restauration.

97 — Couteau, cuiller, fourchette en argent. Travail de Venise.

98 — Cuiller à sucre et truelle à poisson en argent.

99 — Huit pelles à sel en argent.

100 — Cafetière en métal argenté, sur trois pieds. Époque Restauration.

101 — Théière et son réchaud en Christofle.

102 — Seau à glace en cristal. Monture en métal argenté.

103 — Sucrier. Époque Restauration.

104 — Deux plateaux de service ovale ou carré en métal argenté.

105 — Bouillon couvert, coupe, petit vase, beurrier, légumier, etc., en métal.

106 — Trois plats ovales et trois ronds en métal argenté.

107 — Quatre dessous de carafe en métal argenté, de *G. Couthier*.

108 — Quinze cuillers, vingt et une fourchettes, huit fourchettes à dessert, vingt-trois cuillers à café, douze fourchettes à huîtres, une pince à asperges, une brosse ramasse-miette, une louche, une cuiller à sauce, couvert à salade, manche à gicot, deux passoires à thé en métal argenté.

OBJETS VARIÉS

MINIATURES, ÉMAUX, VERRES

109 — Sous ce numéro, plusieurs miniatures modernes.

110 — Grande miniature, d'après RAPHAEL.

111 — Miniature ronde : Bergère conduisant un troupeau dans un paysage, avec pâtre endormi. xviiie siècle.

112 — Miniature ovale : Portrait de Louis XVI jeune. xviiie siècle.

113 — Miniature ovale : Portrait de femme, coiffée d'un bonnet, vêtue d'une robe bleue décolletée. Montée en broche. xviiie siècle.

114 — Miniature ovale : Portrait d'homme, en habit bleu, cravate blanche. Époque Directoire.

115 — Miniature ovale : Portrait de Louis XV, en armure. xviiie siècle.

116 — Petite miniature ovale : Portrait d'homme, habit vert, jabot de dentelle. xviiie siècle.

117 — Miniature ronde : Portrait de femme, en robe blanche décolletée. Époque Empire.

118 — Miniature : Portrait de femme, en robe rouge, corsage blanc. Époque Empire.

119 — Miniature ovale : Portrait de femme, en robe bleue décolletée. Époque Restauration.

120 — Deux miniatures rondes : Portrait d'homme, en habit bleu et marron clair. Époque Restauration.

121 — Deux miniatures : Portrait de Raphaël, cadre en bois sculpté, et Portrait de Rubens.

122 — Petite miniature ronde : Portrait de Voltaire, vêtu de rouge.

123 — Miniature rectangulaire, par Sandoz : Sujet galant.

124 — Sous ce numéro, bijoux d'art anciens et modernes, ornés de pierres de couleurs.

125 — Parure : collier, bracelet orientaux.

126 — Huit petits netzkés en ivoire japonais.

127 — Deux petits cadres en argent.

128 — Médaillon en terre cuite : Portrait de Franklin.

129 — Sous ce numéro, plusieurs vases porte-fleurs ou flacons en verre artistique.

130 — Sous ce numéro, environ douze verres artistiques.

131 — Vase porte-fleurs en verre de *Gallé de Nancy*.

132 — Jardinière en émail cloisonné, monture en bronze, de style chinois.

133 — Émail rectangulaire de Limoges : Saint en prière. XVIIe siècle.

134 — Sainte Élisabeth et Mater Creatoris. Deux émaux, de *Laudin*.

135 — Miroir, cadre en bois sculpté à têtes d'anges et feuillages. Travail italien.

136 — Petit coffret à couvercle bombé, cerclé de fer.

137 — Petit coffret en bois de fer, incrusté de branchages en nacre. Travail chinois.

MEUBLES, SIÈGES

138 — Petit guéridon en acajou, à trépied, orné de palmettes en bronze. Style Empire.

139 — Deux tables à jeu en bois de placage. Style Louis XVI.

140 — Table, de forme ronde, en acajou, avec tablette d'entrejambe, ouvrant à un tiroir; dessus de marbre; galerie de cuivre. Style Louis XVI.

141 — Console-support-d'applique à volute et culot de feuillages. Louis XIV.

142 — Petite table légère rectangulaire en bois sculpté, entrejambe canné; dessus de marbre. Style Louis XVI.

143 — Petite vitrine plate, de forme ronde, en bois sculpté, entrejambe canné. Style Louis XVI.

144 — Coffre et son support, à pieds tors, en bois sculpté bas-relief : Amphitrite.

145 — Petit guéridon en bois sculpté; dessus onyx.

255 146 — Vitrine en bois de placage et panneaux en vernis Martin. Style Louis XV.

147 — Table en bois tourné, à pieds fuselés et cannelés, arcatures sur les côtés.

148 — Table gigogne en marqueterie.

149 — Coffre en bois, incrusté de nacre. Travail oriental.

500 150 — Petit bureau de dame, ouvrant à abattant, en marqueterie, garni de bronze. Style Louis XV.

270 151 — Bureau dos d'âne en bois de placage et marqueterie. Époque Louis XVI.

130 152 — Armoire normande en bois sculpté, à deux portes, partie supérieure à glace. Style Louis XVI.

153 — Petite console en bois sculpté peint blanc. Style Louis XVI.

154 — Salle à manger, comprenant une table, deux dessertes, un fauteuil, dix chaises, recouverts en cuir, et une petite table.

490 155 — Buffet en noyer sculpté. Style Louis XV.

156 — Armoire, à trois portes à glace, en bois peint blanc. Style Louis XVI.

157 — Lit en bois sculpté peint blanc. Style Louis XVI.

158 — Paire de bibliothèques à haut d'appui, ouvrant à trois portes grillagées, garnies de bronzes. Style Louis XVI.

159 — Fausse-cheminée en bois sculpté. Même modèle.

160 — Grande horloge, de forme architecturale, en bois de placage et marqueterie à fleurs. Mouvement marquant les heures, les jours, les quantièmes, les phases de la lune, les mois. Le cadran marqué : *Johannes Duchesne, Amsterdam*. Travail hollandais, xviiie siècle.

161 — Trumeau Louis XVI, avec peinture : Port de mer.

162 — Écran, style Louis XV : feuille en ancienne tapisserie au point. xviie siècle.

163 — Petite table de nuit, forme fût, en marqueterie de bois à fleurs ; tablette d'entre-jambe. Style xviiie siècle.

164 — Petite commode à trois tiroirs en marqueterie de bois à fleurs ; poignées et entrées de serrure en bronze doré ; dessus de marbre. Style Louis XV.

165 — Petite commode à deux tiroirs en bois de placage ; dessus de marbre. Style Louis XV.

166 — Commode à cinq tiroirs en bois de placage ; poignées, entrées de serrures en bronze (redoré) ; dessus de marbre. Époque Régence.

167 — Piano à queue de *Érard*, en palissandre.

168 — Piano de *A. Bord*, peint gris.

169 — Chaise en bois sculpté, à dossier canné, peint blanc, garnie d'étoffe à rayures vertes Chaise, dossier à colonnettes. Autre chaise, dossier carquois. Style Louis XVI.

170 — Bergère en bois sculpté, peint blanc, époque Louis XVI. Garniture et coussin mobile en étoffe à rayures.

171 — Fauteuil en marqueterie à fleurs. Travail hollandais.

172 — Fauteuil à oreilles, garni d'ancienne tapisserie.

173 — Bout de pied en bois sculpté et peint
blanc. Style Louis XVI.

174 — Pouff rectangulaire, recouvert d'un tapis
en broderie de métal, à ramages. xviie siècle.

175 — Deux petites chaises légères en bois
sculpté, dossier à palmettes. Style Louis XVI.

176 — Fauteuil confortable en peau de porc.

177 — Canapé et deux fauteuils en bois sculpté
doré et canné; coussins mobiles à rayures
rouges et blanches. Style Louis XVI.

178 — Deux fauteuils en bois sculpté, de style
Louis XVI, recouverts de velours jaune à
fleurs.

TAPISSERIES, TAPIS

TENTURES

179 — Tapisserie-verdure d'Aubusson en deux parties. Sujets : Ronde de personnages dans un parc. Encadrement de bordures. Époque Louis XIV.

Environ : Haut., 2 m. 30 cent.; larg., 3 m. 70 cent.

180 — Tapisserie-verdure d'Aubusson, avec grands oiseaux et châteaux. Bordure haut et bas. xviiiᵉ siècle.

Environ : Haut., 3 m. 10 cent.; larg., 2 m. 70 cent.

181 — Tapisserie-verdure des Flandres. xviiiᵉ siècle.

182 — Grand tapis Smyrne, arabesques en rouge, bleu et vert.

Long., 5 m. 30 cent ; larg., 4 m. 10 cent.

183 — Tapis à fond rose, à rosace centrale. Encadrement à trois bordures crème, bleu clair et vert, à arabesques.

Long., 2 mètres; larg , 3 mètres.

184 — Grand tapis, fond crème et rouge. Large bordure blanche à arabesques.

Environ : Long., 4 m. 70 cent.; larg., 5 m. 45 cent.

185 — Petite carpette d'Orient, à fond blanc. Encadrement de trois bordures, bleue, rouge et jaune.

Long., 1 m. 25 cent.; larg., 95 cent.

186 — Carpette orientale à losanges.

Long., 1 m. 65 cent.; larg., 1 mètre.

187 — Carpette-chemin d'Orient, décor à carrelages.

Long., 2 m. 60 cent.; larg., 1 m. 10 cent.

188 — Carpette d'Orient, dessins à armoiries. Trois bordures en bleu et blanc.

Long., 1 m. 50 cent.; larg., 1 m. 10 cent.

189 — Petite carpette orientale, à damiers fond jaune. Encadrement à quatre bordures.

190 — Paire de rideaux et une portière en velours jaune.

191 — Dessus de lit et bandeau de baldaquin en broderie ancienne réappliquée.

192 — Trois paires de rideaux, a ramages, en velours rouge.

193 — Garniture de baie et quatre portières en velours vert.

194 — Dessus de piano en soie brochée.

195 — Garniture de lit, trois paires de rideaux et deux portières en étoffe vertes, à festons et bouquets de fleurs.

196 — Objets non catalogués.

197 — Mobilier courant.

RED. :

16

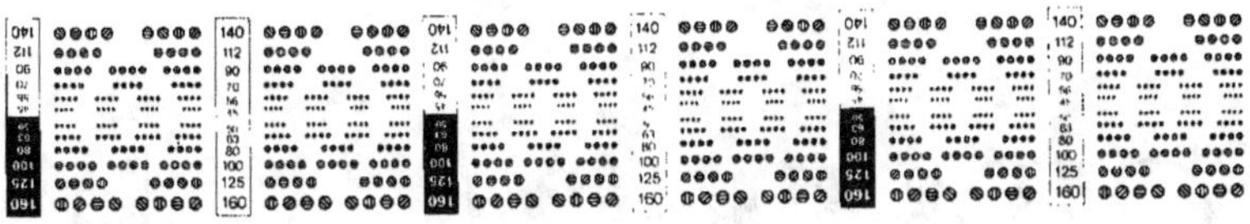

BIBLIOTHEQUE

NATIONALE

DE FRANCE

****

CHATEAU

DE

SABLE

1996